Théodore Labarre

Trois nocturnes concertants

Antigonos

Théodore Labarre

Trois nocturnes concertants

Réimpression inchangée de l'édition originale de 1839.

1ère édition 2024 | ISBN: 978-3-38605-685-4

Antigonos Verlag est une marque de Outlook Verlagsgesellschaft mbH.

Verlag (Éditeur): Outlook Verlag GmbH, Zeilweg 44, 60439 Frankfurt, Deutschland
Vertretungsberechtigt (Représentant autorisé): E. Roepke, Zeilweg 44, 60439 Frankfurt, Deutschland
Druck (Imprimerie): Libri Plureos GmbH, Friedensallee 273, 22763 Hamburg, Deutschland

Trois

Nocturnes Concertants

COMPOSÉS

pour

HARPE ET VIOLONCELLE

Sur des thèmes favoris des Operas de

Donizetti

PAR

Th. Labarre & A. Batta

N° 3

a PARIS, chez SCHONENBERGER, Editeur de Musique, Boulevard Poissonnière, 10.
Spécialité pour la commission et l'exportation.
a Mayence, chez les Fls de B. Schott.   a Londres.
S. 832. 833.

Schonenberger
Boulevard Poissonnière N° 10

NOCTURNE
sur
ROBERTO DEVEREUX.

TH: LABARRE.

Op: 98.

Con espress:
mf
ff
espress:
mf
cres
ff
p
S.536.

4

5
S.536.

1re Var:
Istesso tempo
mf
8.536.

Leggiero.
poco Calando.
a Tempo.
coll' arpa.
8a
ritt: _ _ _ _ sin _ _ _ al _ _ fine
loco.
S.536.

Istesso tempo ben deciso.
2ᵉ Var:
mf
ff
rall:
rall:
colla parte.

mf
ff
f
ff
f
f
ff
f
p
rall.
Lento.
S. 536.

Tempo di valtz.
mf
Tempo di valtz.
mf
Leggiero.
Leggiero.
cres
cres
8.556.

mf
mf
espr:
ff
ff
S.536.

Allo giusto.
ben deciso.
Allo giusto.
mf ben deciso.
cres
f
ff
mf

Meno mosso.
Meno mosso.
mf
cres
cres
f
ff
espr:
S.536.

cres
cen
ff
p
cres
cen
do.
ff
do.
ff
Con fuoco.
Con fuoco.
ff ben marcato.

ff
ff
ff
ff
S.536.

DIVERTISSEMENT

À Mme la Csse
ESTERHAZY Née Csse BATHYANY

ARPA IIa

A. Zamara

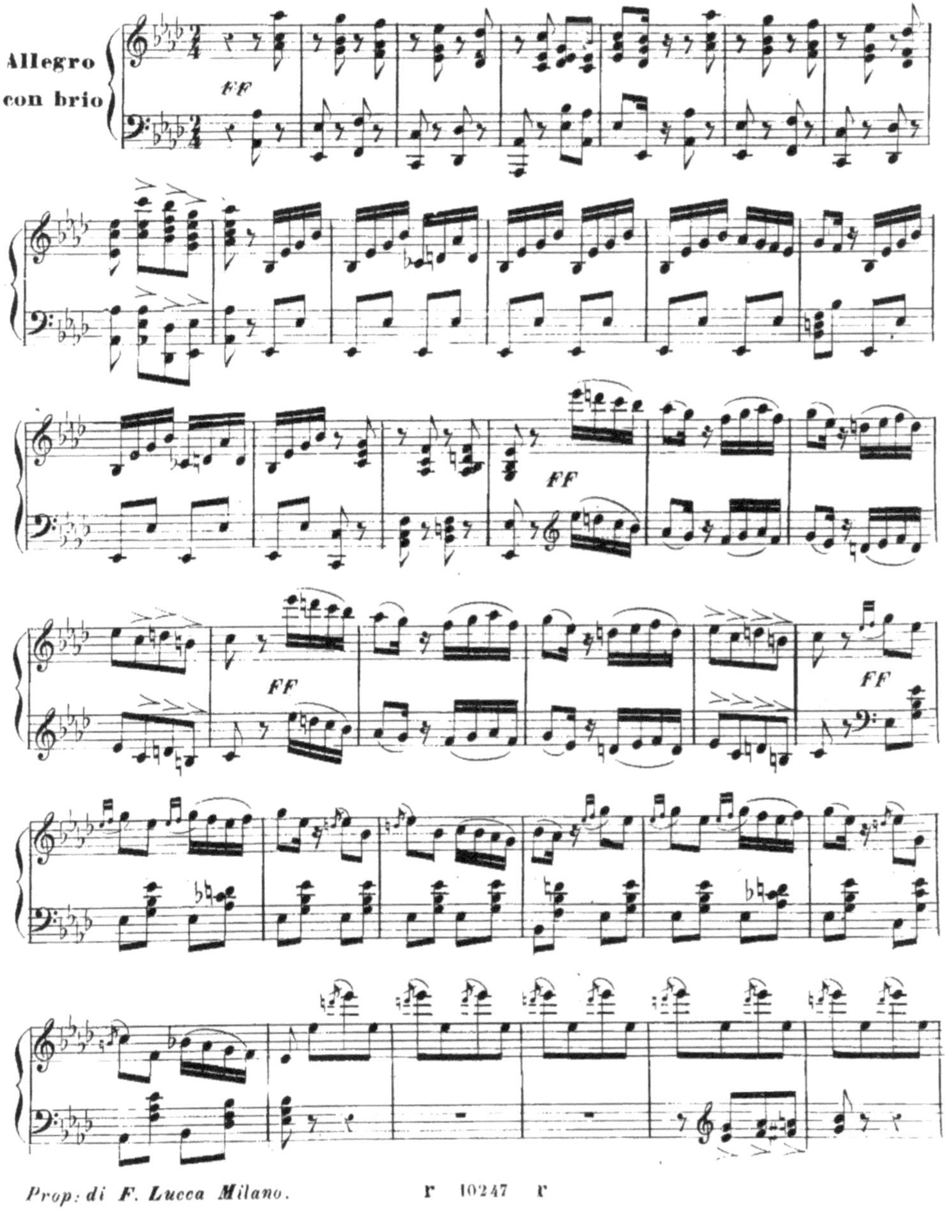

ARPA II.
Lento
FF Andante
con espress:
10247

ARPA II.
cres.
FF
leggiero
8
6
8

ARPA II.
F
F
8
8
Cadenza
sempre colla parte
ARPA Iª
F
7
2/4
2/4

Allegro vivo
ARPA III.
5
FF
8--
8----
5
5
5
5
1º Tempo
P........
r   10247   r

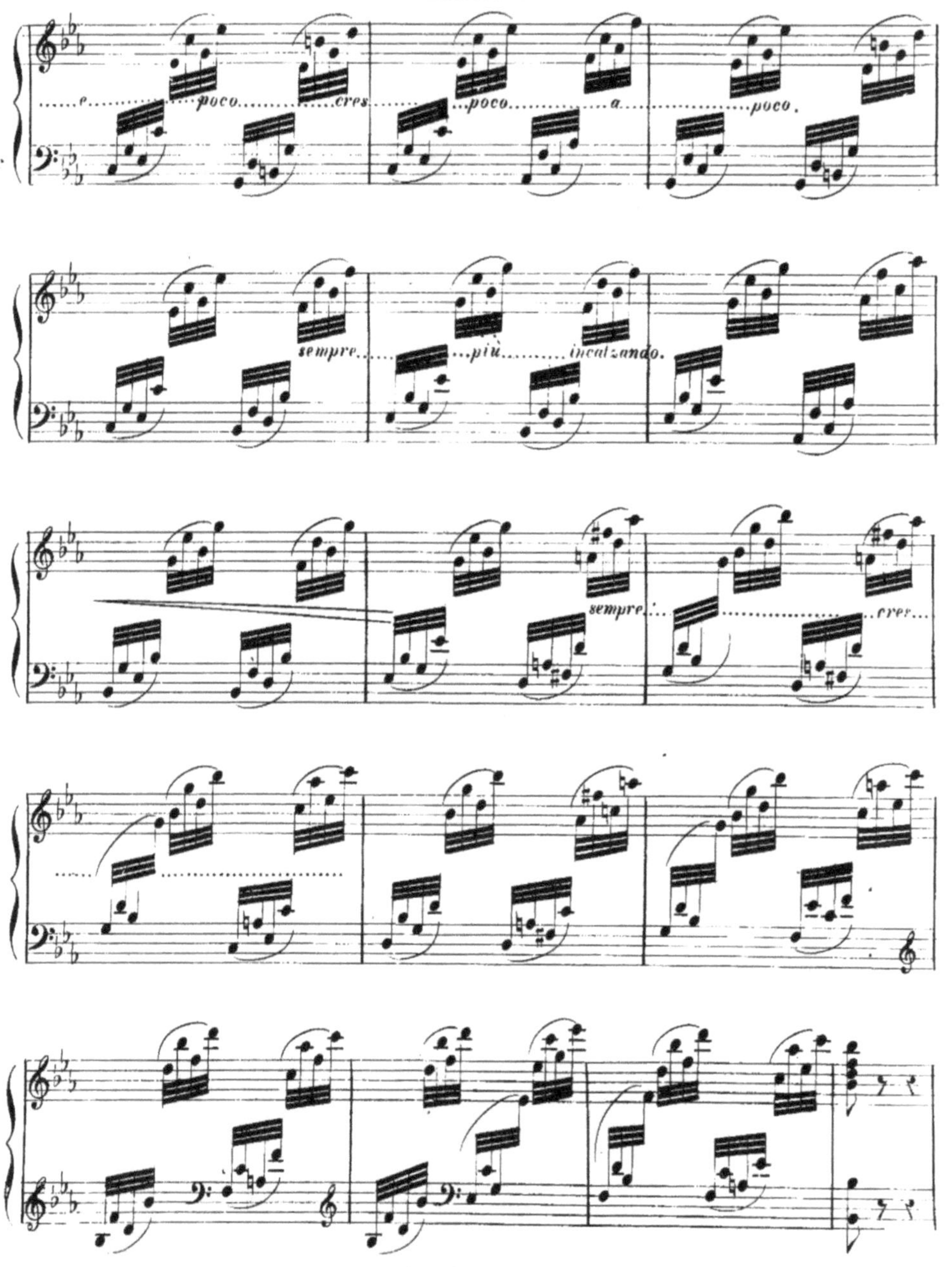
ARPA II.ª
poco....cres....poco....a....poco.
sempre....più....incalzando.
sempre....cres....
r   10247   r

ARPA II.ª

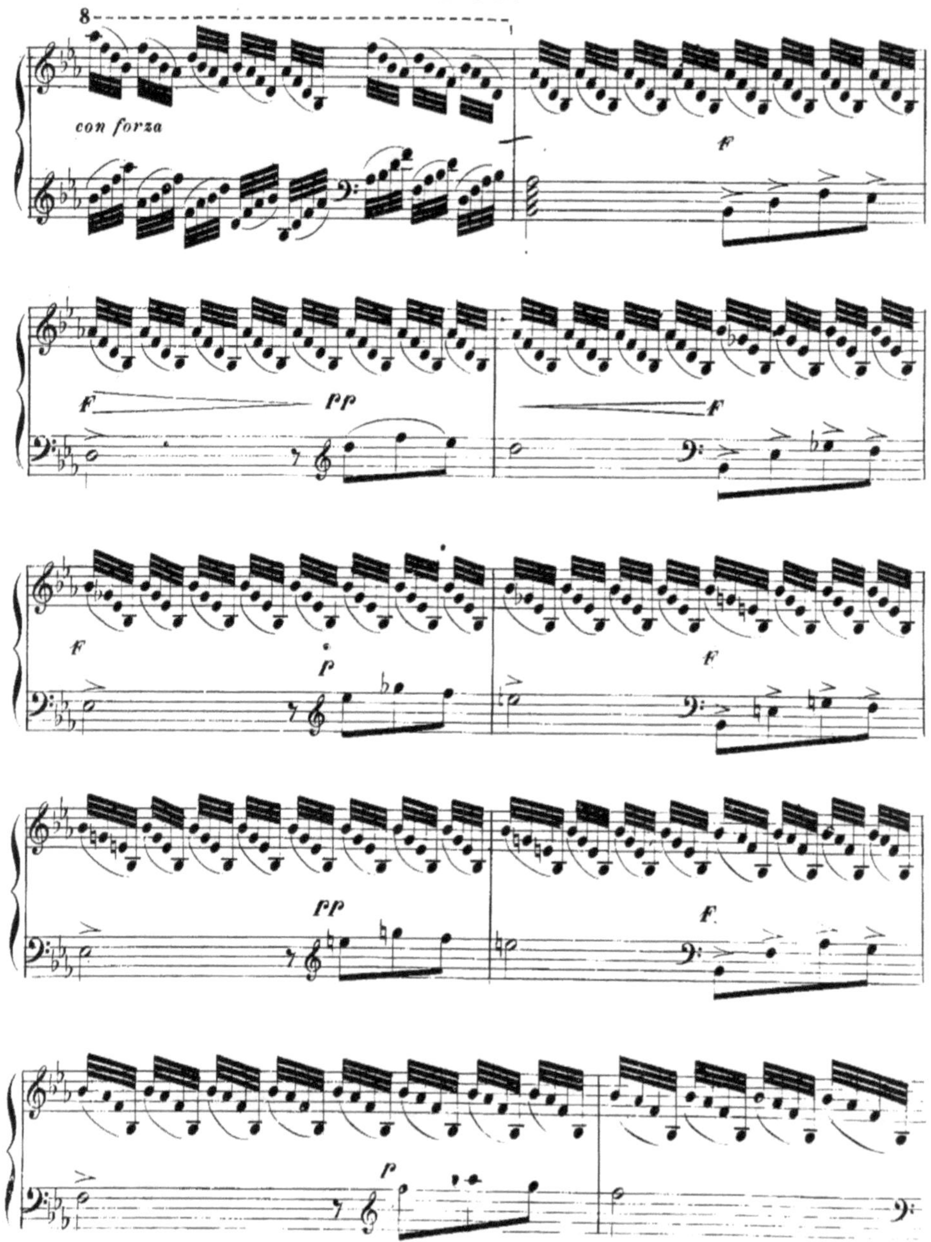
ARPA II.
8
con forza
F
F
pp
F
F
F
F
pp
F.
p
10247

ARPA IIª
cres
decrescendo
legg.
ppp
10247

8
F
F
(LA:)
rall.
Moderato assai

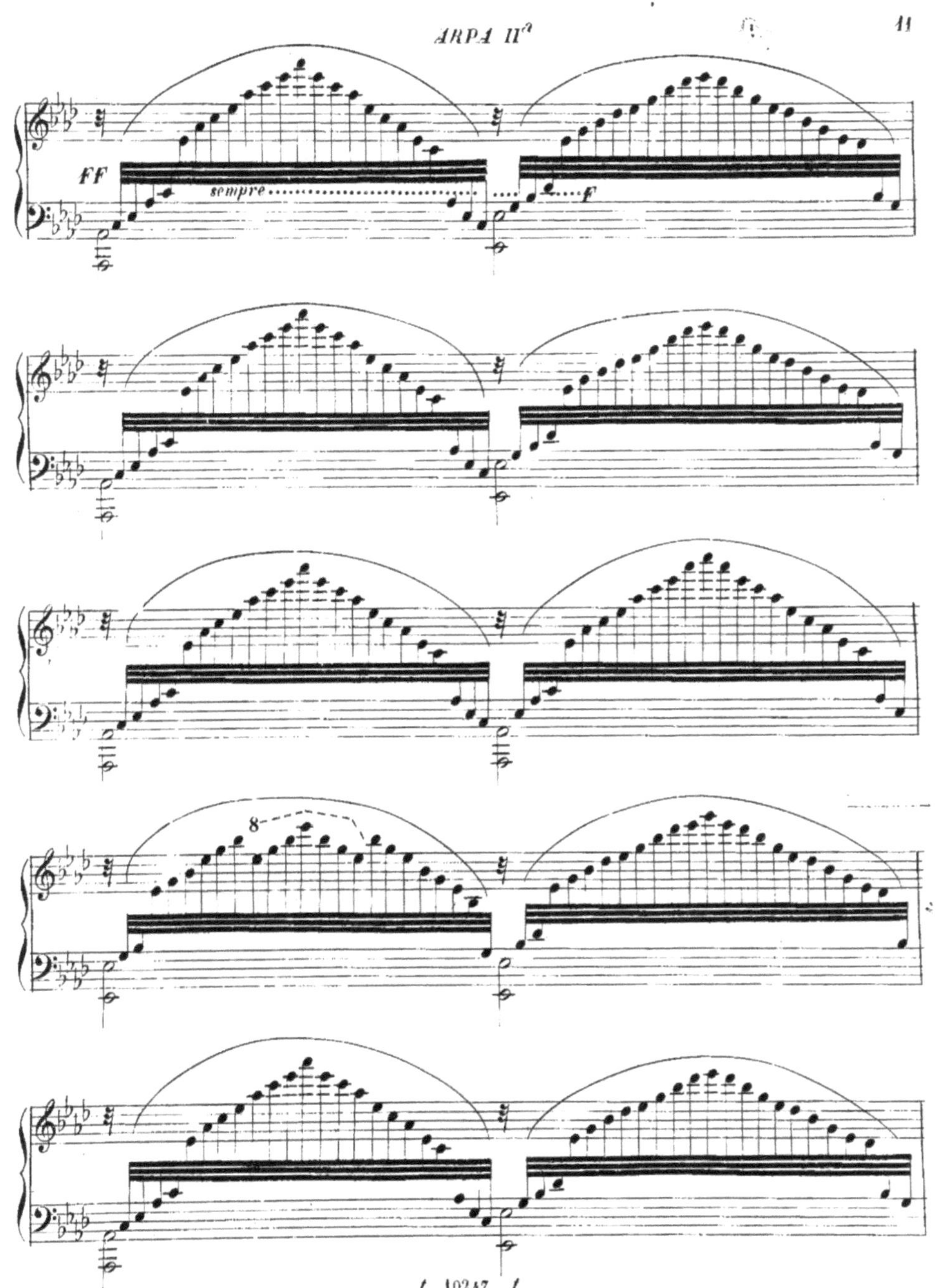

ARPA II.ª
11
FF
sempre .... F
8
10247

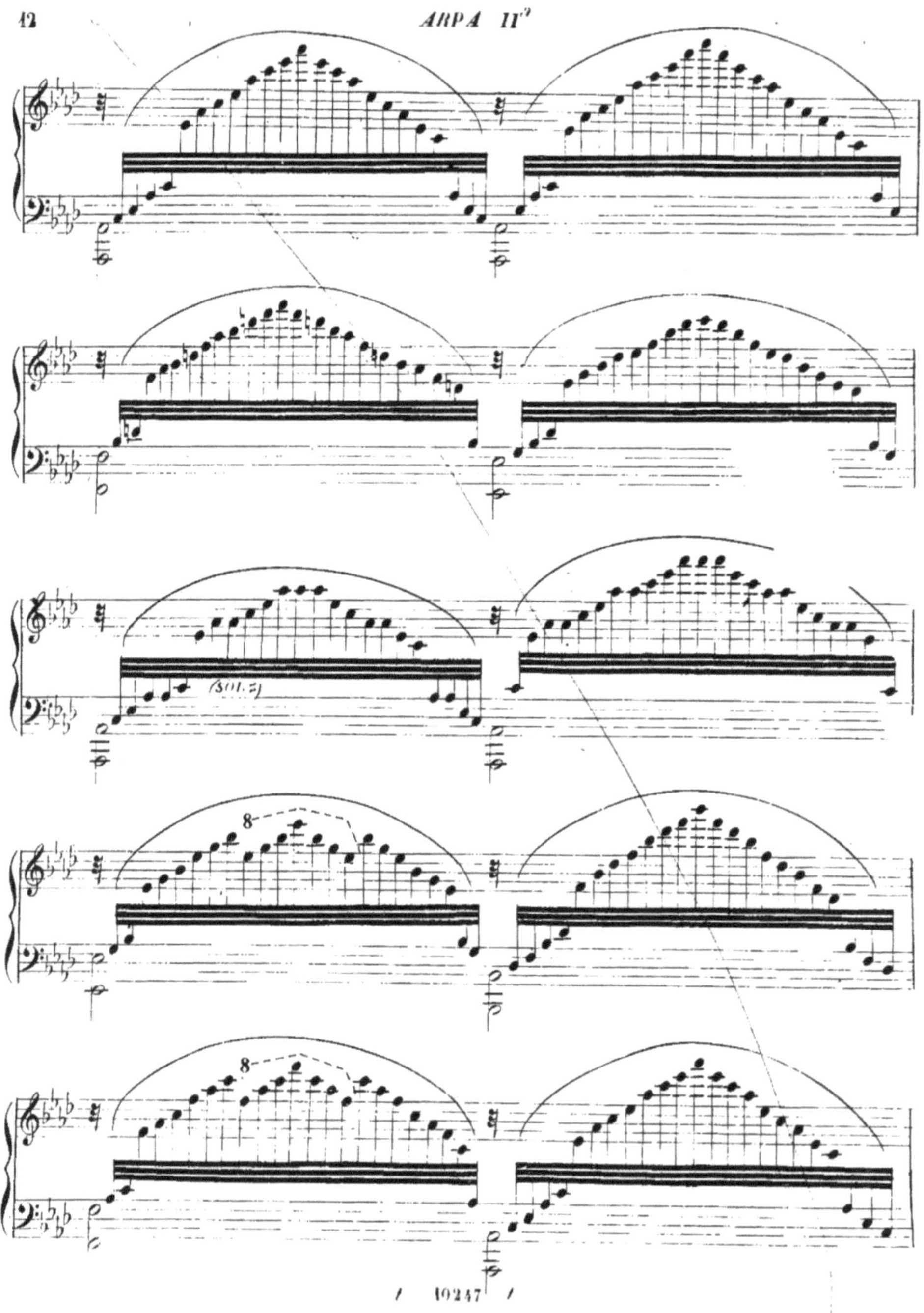
ARPA II?
(sol ♮)
8
8
10247

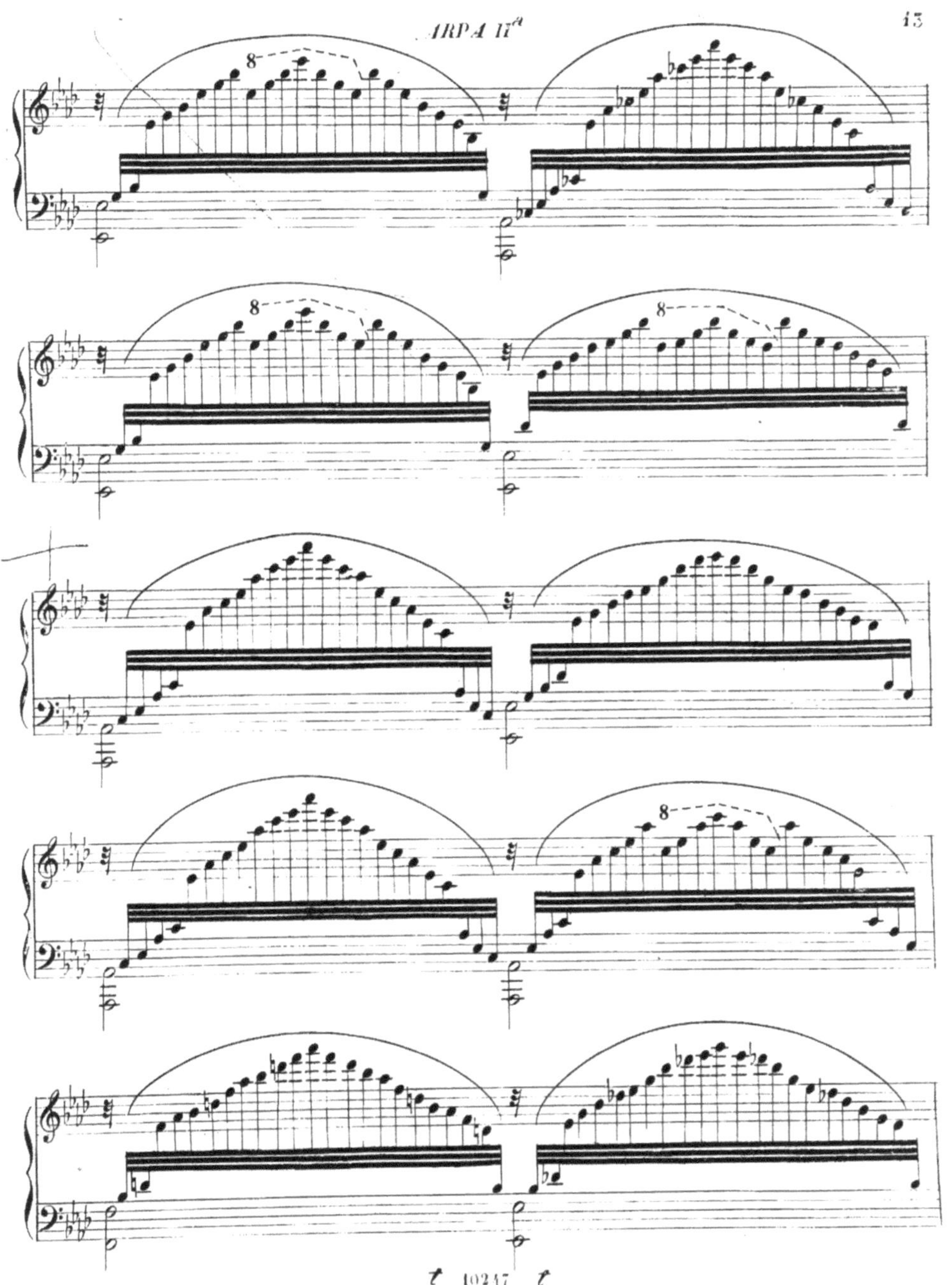

ARPA 17a
13
8
8
8
8
8
10247

ARPA II^a

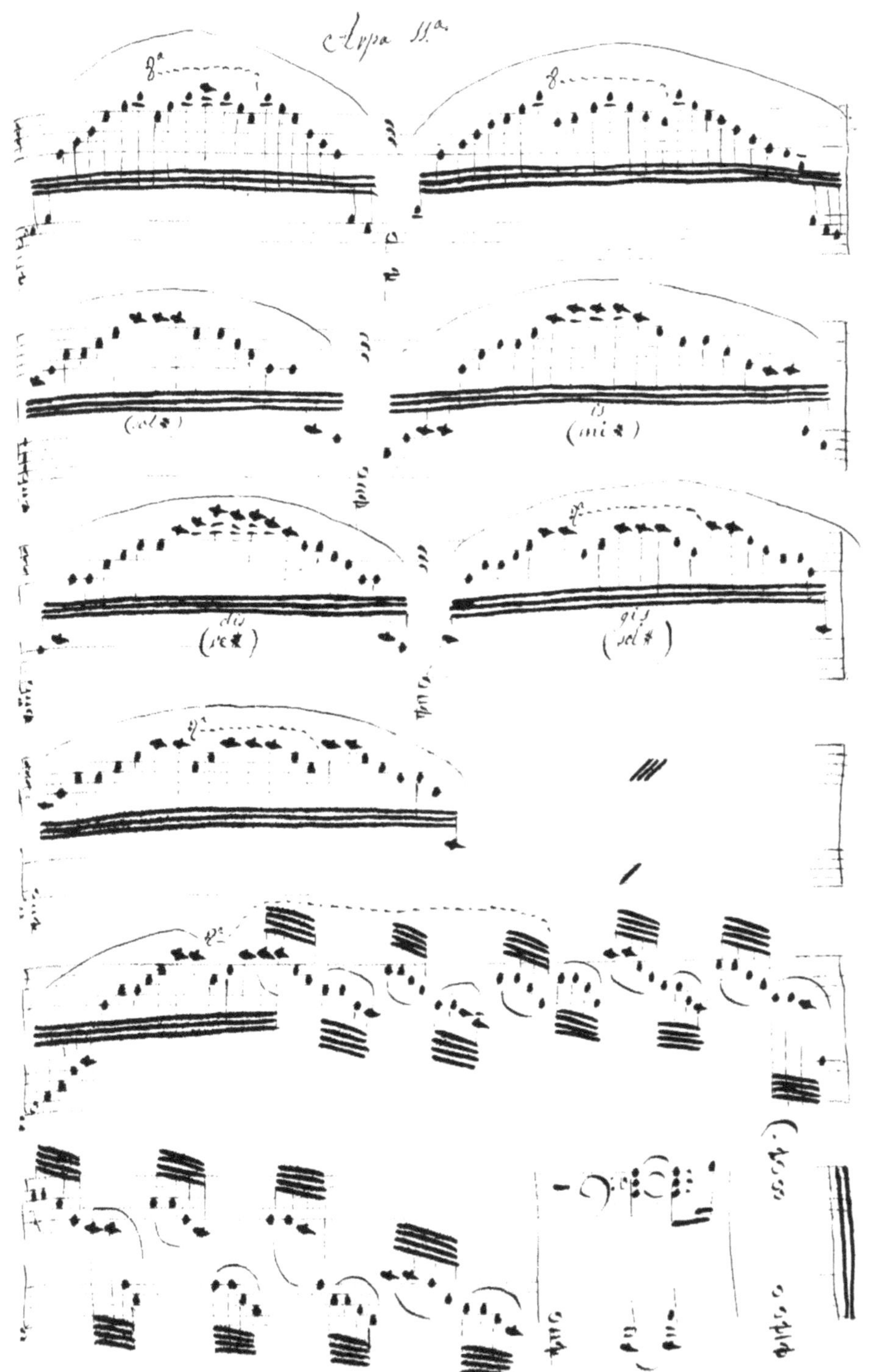
Arpa 11.a
8a
8
(sol#)
(mi#)
(re#)
(sol#)